Premier rapport sur l'Algérie

Alexis de Tocqueville

Édition et mise en page : Culturea (Hérault, 34)
Retrouvez notre catalogue sur http://culturea.fr/
Contact : infos@culturea.fr
Imprimé en Allemagne par Books on Demand Gmbh
Design typographique et layout : Derek Murphy et Reedsy
ISBN : 9791041959273
Date de parution : février 2024

Objet et plan du rapport

Messieurs, contrairement à ses usages, la Chambre a composé, cette année, la commission des crédits extraordinaires d'Afrique de dix-huit membres au lieu de neuf. En prenant une mesure aussi exceptionnelle, elle a, sans doute, voulu manifester une pensée dont votre commission a dû rechercher avec empressement le vrai sens.

Jamais notre domination en Afrique n'a semblé menacée de moins de dangers qu'en ce moment. La soumission dans la plus grande partie du pays, succédant à une guerre habilement et glorieusement conduite ; des relations amicales ou paisibles avec les princes musulmans nos voisins ; Abd-el-Kader réduit à se livrer à des actes de barbarie, qui attestent de son impuissance plus encore que de sa cruauté ; la Kabylie disposée à reconnaître notre empire ; l'instigateur de la dernière insurrection réduit à se remettre entre nos mains, et venant faire appel à notre générosité, après avoir vainement essayé de résister à notre force, tel est le spectacle qu'offrent aujourd'hui nos affaires.

Ce n'est donc pas dans la vue de conjurer des périls que la Chambre a voulu provoquer, cette année, un examen plus solennel de la question d'Afrique. On peut dire, au contraire, que c'est le succès de nos armes et la paix qui en a été la suite, qui créent aujourd'hui à ses yeux un état nouveau et appellent des résolutions nouvelles.

La longue guerre qui a promené nos drapeaux dans toutes les parties de l'ancienne Régence, et nous a montré les peuples indigènes dans toutes les situations et sous tous les jours, ne nous a pas seulement fait conquérir des territoires, elle nous a fait acquérir des notions entièrement neuves ou plus exactes sur le pays et sur ceux qui l'habitent.

On ne peut étudier les peuples barbares que les armes à la main. Nous avons vaincu les Arabes avant de les connaître. C'est la victoire qui, établissant des rapports nécessaires et nombreux entre eux et nous, nous a fait pénétrer dans leurs usages, dans leurs idées, dans leurs croyances, et nous a enfin livré le secret de les gouverner. Les progrès que nous avons faits en ce sens sont de nature à surprendre. Aujourd'hui, on peut le dire, la société indigène n'a plus pour nous de voile. L'armée n'a pas montré moins d'intelligence et de perspicacité, quand il s'est agi d'étudier le peuple conquis, qu'elle n'avait fait voir de brillant courage, de patiente et de tranquille énergie en le soumettant à nos armes. Non seulement nous sommes arrivés, grâce à elle, à nous mettre au courant des idées régnantes parmi les Arabes, à nous rendre bien compte des faits généraux qui influent chez eux sur l'esprit public et y amènent les grands événements, mais nous sommes descendus jusqu'aux détails des faits secondaires. Nous avons donné et reconnu les divers éléments dont la population indigène se compose ; l'histoire des différentes tribus nous est presque aussi bien connue qu'à elles-mêmes ; nous possédons la biographie exacte de toutes les familles puissantes ; nous savons enfin où sont toutes les véritables influences. Pour la première fois, nous pouvons donc rechercher et dire, en parfaite connaissance de cause, quelles sont les limites vraies et naturelles de notre domination en Afrique, quel doit y être pendant longtemps l'état normal de nos forces, à l'aide de quels instruments et de quelle manière il convient d'administrer les peuples qui y vivent, ce qu'il faut espérer d'eux, et ce qu'il est sage d'en craindre.

À mesure que nous connaissons mieux le pays et les indigènes, l'utilité et même la nécessité d'établir une population européenne sur le sol de l'Afrique nous apparaissent plus évidentes.

Déjà, d'ailleurs, nous n'avons plus, en cette matière, de choix à faire ni de résolution à prendre.

La population européenne est venue ; la société civilisée et chrétienne est fondée. Il ne s'agit plus que de savoir sous quelles lois elle doit vivre et ce qu'il faut faire pour hâter son développement.

Le moment est également venu d'étudier de plus près, et plus en détail qu'on n'a pu le faire jusqu'à présent, ce grand côté de la question d'Afrique. Tout nous y convie : l'expérience déjà acquise des vices de l'état de choses actuel, la connaissance plus grande que nous avons du pays et de ses besoins, la paix qui permet de se livrer, sans préoccupation, à une telle étude, et qui la rend facile et fructueuse.

Notre domination sur les indigènes, ses limites, ses moyens, ses principes.

L'administration des Européens, ses formes, ses règles.

La colonisation, son emplacement, ses conditions, ses procédés.

Tels sont donc les trois grands problèmes que soulèvent les deux projets de lois qui vous sont soumis, et dont la Chambre veut qu'on cherche en ce moment la solution devant elle.

Nous allons traiter dans le présent rapport toutes les questions qui se rattachent directement à la domination du pays conquis, et à l'administration des Européens qui l'habitent.

Nous examinerons toutes les questions de colonisation dans le rapport sur la loi des camps agricoles.

Première Partie:DOMINATION ET GOUVERNEMENT DES INDIGÈNES

La domination que nous exerçons dans le territoire de l'ancienne Régence d'Alger est-elle utile à la France ?

Plusieurs membres de votre commission ont vivement soutenu la négative.

La majorité, Messieurs, tout en respectant comme elles méritent de l'être, les convictions anciennes et très sincères qui faisaient parler les honorables membres, et en constatant leur opinion, n'a pas cru qu'il fût nécessaire d'agiter de nouveau devant vous des questions si souvent débattues et depuis longtemps tranchées.

Nous admettrons donc, comme une vérité démontrée, que notre domination en Afrique doit être fermement maintenue. Nous nous bornerons à rechercher ce qu'est aujourd'hui cette domination, quelles sont ses limites véritables et ce qu'il s'agit de faire pour l'affermir.

Distribution de la population indigène sur le sol. Aspect général qu'elle présente au point de vue de notre domination

Au point de vue de notre domination, la population indigène de l'Algérie doit être divisée en trois groupes principaux :

Le premier réside dans la vaste contrée, généralement connue sous le nom de Petit-Désert, et qui s'étend au sud depuis la fin des terres labourables jusqu'au commencement du Sahara.

Petit-Désert

La Chambre sait que les habitants de ce pays sont tout à la fois plus errants et plus sédentaires que la plupart des autres indigènes de l'Algérie. Le plus grand nombre parcourent chaque année des espaces immenses sans reconnaître, pour ainsi dire, de territoire. Les autres, au contraire, vivent dans des oasis où la propriété est individuelle, délimitée, cultivée et bâtie. Nos troupes n'ont point visité tout le Petit-Désert ; elles n'en occupent aucun point. Nous gouvernons la population qui l'habite par l'entremise de chefs indigènes, que nous ne surveillons que de très loin ; elle nous obéit sans nous connaître ; à vrai dire, elle est notre tributaire et non notre sujette.

Kabylie indépendante

À l'opposé du Petit-Désert, dans les montagnes qui bordent la mer, habitent les Kabyles indépendants. Jusqu'à présent nous n'avions jamais parcouru leur territoire ; mais, entourées aujourd'hui de toutes parts par nos établissements, gênées dans leurs industries, bloquées dans d'étroites vallées, ces peuplades commencent à subir notre influence et offrent, dit-on, de reconnaître notre pouvoir.

Le Tell

Le reste des habitants de l'Algérie, Arabes et Berbères, répandus dans les plaines ou sur les montagnes du Tell, depuis les frontières du Maroc jusqu'à celles de Tunis, forment le troisième groupe de population dont il reste à parler.

C'est dans cette partie du pays que se trouvent les villes, qu'habitent les plus grandes tribus, que se voient les plus grandes existences individuelles, que se rencontrent les terres les plus fertiles, les mieux arrosées, les plus habitables. Là ont eu lieu les principales expéditions militaires et se sont livrés les grands combats. C'est là, enfin, que nous avons nos grands établissements et que notre domination n'est pas seulement reconnue, mais assise.

La paix la plus profonde règne aujourd'hui sur ce vaste territoire ; nos troupes le parcourent en tous sens sans trouver la moindre résistance. L'Européen isolé peut même en traverser la plus grande partie sans redouter de péril.

La soumission y existe partout ; mais elle n'y a pas partout le même caractère.

Division du Tell en deux régions distinctes

À l'Est, notre domination est moins complète peut-être qu'à l'Ouest, mais infiniment plus tranquille et plus sûre. En général, nous y administrons les indigènes de moins près et d'une manière moins impérative ; mais notre suprématie y est moins contestée. Beaucoup de chefs indigènes y sont plutôt nos feudataires que nos agents : notre pouvoir y est tout à la fois moins absolu et moins en péril. Une armée de 20 à 22.000 hommes suffit à la garde de cette partie du pays, qui forme cependant la moitié de toute l'ancienne Régence, et qui compte plus de la moitié de ses habitants. La guerre y a été depuis quelques années presque inconnue.

Les populations de l'Ouest, celles qui occupent les provinces d'Alger et d'Oran, sont plus dominées, plus gouvernées, plus soumises et en même temps plus frémissantes. Notre pouvoir sur elles est plus grand et moins stable. Là, la guerre a renversé toutes les individualités qui pouvaient nous faire ombrage, brisé violemment toutes les résistances que nous avions rencontrées, épuisé le pays, diminué ses habitants, détruit ou chassé en partie sa noblesse militaire ou religieuse, et réduit pour un temps les indigènes à l'impuissance. Là, la soumission est tout à la fois complète et précaire ; c'est là que sont accumulés les trois quarts de notre armée.

A l'Est aussi bien qu'à l'Ouest, notre domination n'est acceptée que comme l'œuvre de la victoire et le produit journalier de la force. Mais à l'Est on la tolère, tandis qu'à l'Ouest l'on ne fait encore que la subir. Ici on comprend que notre pouvoir peut avoir certains résultats utiles qui le rendent moins pesant ; là, on semble n'apercevoir qu'une raison d'y rester soumis, c'est la profonde terreur qu'il inspire.

Tel est l'aspect général que présente l'Algérie au point de vue de notre domination.

Pourquoi notre occupation ne doit plus s'étendre

Il est très difficile, sans doute, on doit le reconnaître, de savoir où l'on doit s'arrêter dans l'occupation d'un pays barbare. Comme on n'y rencontre d'ordinaire devant soi ni gouvernement constitué, ni population stable, on ne parvient presque jamais à y obtenir une frontière respectée. La guerre qui recule les limites de votre territoire ne termine rien ; elle ne fait que préparer un théâtre plus lointain et plus difficile à une nouvelle guerre. C'est ainsi que les choses ont paru se passer longtemps dans l'Algérie elle-même. Une conquête ne manquait jamais de manifester la nécessité d'une nouvelle conquête ; chaque occupation amenait une occupation nouvelle, et l'on conçoit très bien que la nation, voyant cette extension graduelle et continue de notre domination et de nos sacrifices, se soit quelquefois alarmée, et que les amis mêmes de notre conquête se soient demandé avec inquiétude quand seraient enfin posées ses extrêmes limites et où s'arrêterait le chiffre de l'armée.

Ces sentiments et ces idées naissaient au sein de l'ignorance profonde dans laquelle nous avons vécu longtemps sur la nature du pays que nous avions entrepris de dominer. Nous ne savions ni jusqu'où il était convenable d'aller, ni où il était non seulement utile, mais nécessaire de s'arrêter.

Aujourd'hui on peut dire que, sur ces deux points, la lumière est faite.

Nous ne ferons que rappeler à la Chambre que l'Algérie présente ce bizarre phénomène d'un pays divisé en deux contrées entièrement différentes l'une de l'autre, et cependant absolument unies entre elles par un lien indissoluble et étroit.

L'une, le Petit-Désert, qui renferme les pasteurs nomades ; l'autre, le Tell, où habitent les cultivateurs relativement sédentaires. Tout le monde sait maintenant que le Petit-Désert ne peut vivre si on lui ferme le Tell. Le maître du Tell a donc été depuis le commencement du monde le maître du Petit-Désert, il y a toujours commandé sans l'occuper, il l'a gouverné sans l'administrer. Or nous occupons aujourd'hui, sauf la Kabylie, la totalité du Tell : pourquoi occuperions-nous le Petit-Désert ? pourquoi ferions-nous plus ou autrement que les Turcs, qui, pendant trois cents ans, y ont régné de cette manière ? L'intérêt de la colonisation ne nous force point à nous y établir, car nous ne pouvons songer à fixer des populations européennes dans ces contrées.

On peut donc dire, sans tromper personne, que la limite naturelle de notre occupation au Sud est désormais certaine. Elle est posée à la limite même du Tell.

Il est vrai que dans l'enceinte du Tell existe une contrée que nous n'avons pas encore occupée, et dont l'occupation ne manquerait pas d'augmenter, d'une manière très considérable, l'effectif de notre armée et le chiffre de notre budget. Nous voulons parler de la Kabylie indépendante.

La Chambre nous permettra de ne point nous étendre en ce moment sur la question de la Kabylie ; nous aurons plus loin l'occasion d'en parler, en rendant compte d'un incident qui a eu lieu dans le sein de la commission. Nous nous bornerons à établir ici, comme un fait certain, qu'il y a des raisons particulières et péremptoires pour ne pas occuper la Kabylie.

Ainsi, nous sommes fondés à dire qu'aujourd'hui les limites vraies et naturelles de notre occupation sont posées.

Comment nous sommes arrivés à connaître les meilleurs moyens à prendre pour dominer le pays

Voyons si l'on peut également dire que dans ces limites les forces que nous possédons aujourd'hui seront désormais suffisantes.

L'expérience ne nous a pas seulement montré où était le théâtre naturel de la guerre ; elle nous a appris à la faire. Elle nous a découvert le fort et le faible de nos adversaires. Elle nous a fait connaître les moyens de les vaincre et, après les avoir vaincus, d'en rester les maîtres. Aujourd'hui on peut dire que la guerre d'Afrique est une science dont tout le monde connaît les lois, et dont chacun peut faire l'application presque à coup sûr. Un des plus grands services que M. le maréchal Bugeaud ait rendus à son pays, c'est d'avoir étendu, perfectionné et rendu sensible à tous cette science nouvelle.

Nous avons d'abord reconnu que nous n'avions pas en face de nous une véritable armée, mais la population elle-même. La vue de cette première vérité nous a bientôt conduits à la connaissance de cette autre, à savoir que, tant que cette population nous serait aussi hostile qu'aujourd'hui, il faudrait, pour se maintenir dans un pareil pays, que nos troupes y restassent presque aussi nombreuses en temps de paix qu'en temps de guerre, car il s'agissait moins de vaincre un gouvernement que de comprimer un peuple.

L'expérience a aussi fini par nous apprendre de quels moyens il fallait se servir pour comprimer le peuple arabe. Ainsi, nous n'avons pas tardé à découvrir que les populations qui repoussaient notre empire n'étaient point nomades, comme on l'avait cru longtemps, mais seulement beaucoup plus mobiles que celles d'Europe.

Chacune avait son territoire bien délimité dont elle ne s'éloignait pas sans peine, et où elle était toujours obligée de revenir. Si on ne pouvait occuper les maisons des habitants, on pouvait donc s'emparer des récoltes, prendre les troupeaux et arrêter les personnes.

Dès lors, les véritables conditions de la guerre d'Afrique sont apparues.

Il ne s'agissait plus, comme en Europe, de rassembler de grandes armées destinées à opérer en masses contre des armées semblables, mais de couvrir le pays de petits corps légers qui pussent atteindre les populations à la course, ou qui, placés près de leur territoire, les forçassent d'y rester et d'y vivre en paix.

Rendre les troupes aussi mobiles que possible et les tenir toujours à portée des populations suspectes, telles furent les deux conditions du problème.

On renonça d'abord à presque tout ce qui encombre la marche des soldats en Europe. On supprima presque entièrement le canon ; à la voiture on substitua le chameau ou le mulet. Des postes-magasins, placés de loin en loin, permirent de n'emporter avec soi que peu ou point de vivres. Nos officiers apprirent l'arabe, étudièrent le pays et y guidèrent les colonnes sans hésitation et sans détour. Comme la rapidité faisait bien plus que le nombre, on ne composa les colonnes elles-mêmes que de soldats choisis et déjà faits à la fatigue. On obtint ainsi une rapidité de mouvement presque incroyable. Aujourd'hui nos troupes, aussi mobiles que l'Arabe armé, vont plus vite que la tribu en marche.

En même temps qu'on rendait les troupes si mobiles, on recherchait et on trouvait les lieux où il était le plus utile de les cantonner. La guerre nous faisait démêler quelles étaient les populations les plus énergiques, les mieux organisées, les plus ennemies. C'est à côté ou au milieu de celles-là que nous nous établissions pour empêcher ou pour réprimer leurs révoltes.

Le Tell tout entier est maintenant couvert par nos postes, comme par un immense réseau dont les mailles, très serrées à l'Ouest, vont s'élargissant à mesure que l'on remonte vers l'Est. Dans le Tell de la province d'Oran, la distance moyenne entre tous les postes est de vingt lieues. Par conséquent, il n'y a presque pas de tribu qui ne puisse y être saisie le même jour de quatre côtés à la fois, au premier mouvement qu'elle voudrait faire.

On peut encore discuter pour savoir si les postes sont tous placés où ils doivent l'être pour rendre le plus de service (nous parlerons de cette question à propos d'un crédit spécial), il est permis de rechercher s'il ne serait pas convenable d'accroître la force de quelques-uns en diminuant celle de quelques autres. Mais on est d'accord que l'effectif de l'armée d'Afrique suffit très largement à l'organisation de tous les postes nécessaires et, qu'à l'aide de ces postes, on est sûr de rester toujours maîtres du pays aujourd'hui conquis. Cette vérité, Messieurs, est importante, et elle valait la peine d'être constatée.

Nous ne voulons point exagérer notre pensée. Nous ne prétendons pas dire qu'à l'aide de l'effectif actuel, l'Algérie puisse lutter contre tous les périls qui pourraient naître d'une guerre étrangère, ni même qu'elle soit à l'abri des funestes effets que pourraient produire les passions ou les fautes de ceux qui la gouverneront désormais. Si l'on faisait dans le Petit-Désert des expéditions et des établissements inutiles, il est probable que l'effectif, quelque considérable qu'il soit, aurait de la peine à suffire. Si, contrairement au vœu exprimé à plusieurs reprises par les Chambres et, nous pouvons le dire, aux lumières de l'expérience et de la raison, on entreprenait d'occuper militairement la Kabylie indépendante, au lieu de se borner à en tenir les issues, il est incontestable qu'il faudrait accroître bientôt le chiffre de notre armée ; enfin, si par un mauvais gouvernement, par des procédés violents et tyranniques, on poussait au désespoir et à la révolte les populations qui vivent paisiblement sous notre empire, il nous faudrait assurément de nouveaux soldats. Nous n'avons pas voulu prouver le contraire. Il n'y a pas de force matérielle, quelque grande qu'elle soit, qui puisse dispenser les hommes de la modération et du bon sens. La tâche du Gouvernement est d'empêcher de tels écarts : ce n'est pas la nôtre. Tout ce que nous voulons dire est ceci : longtemps on a ignoré quelles étaient les vraies limites de notre domination et de notre occupation en Afrique. Aujourd'hui elles sont connues. Longtemps on n'avait pas acquis les notions exactes de l'espèce et du nombre des obstacles qui pouvaient se rencontrer dans ces limites ; aujourd'hui on les possède. On a pu se demander longtemps à l'aide de quelle force, par quels moyens, suivant quelle méthode, on pouvait être sûr de vaincre les difficultés naturelles et permanentes de notre entreprise ; on le voit nettement aujourd'hui.

L'effectif actuel, bien qu'il ne pût peut-être pas suffire aux besoins factices et passagers que feraient naître l'ambition et la violence, doit répondre largement à tous les besoins naturels et habituels de notre domination en Afrique. Une étude très attentive et très détaillée de la question en a donné, à la majorité de la commission, la conviction profonde.

Quels moyens faut-il prendre pour diminuer graduellement l'effectif ?

Mais elle n'a pas voulu s'arrêter là, elle a désiré rechercher quels moyens on pourrait prendre pour diminuer graduellement cet effectif et le réduire enfin à des proportions beaucoup moindres, sans mettre notre établissement en péril.

Plusieurs membres ont pensé qu'il était peut-être possible de distribuer les troupes de manière à leur faire produire les mêmes effets, en restant moins nombreuses. D'autres ont dit que l'établissement et le perfectionnement des routes faciliteraient puissamment notre domination et pourraient permettre de diminuer l'armée. Nous reviendrons, dans une autre partie du rapport, sur cette question capitale des routes. Nous ne nions pas, Messieurs, que ces moyens ne soient très efficaces ; nous pensons que leur judicieux emploi nous permettrait de diminuer, d'une manière assez notable, notre armée ; mais nous ne croyons pas qu'ils puissent suffire.

Ce serait, à notre sens, une illusion de croire que, par une organisation nouvelle de la force matérielle, ou en mettant cette force matérielle dans des conditions meilleures de locomotion, on pût amener une diminution très grande dans l'effectif de notre armée. L'art des conquérants serait trop simple et trop facile, s'il ne consistait qu'à découvrir des secrets semblables et à surmonter des difficultés de cette espèce. L'obstacle réel et permanent qui s'oppose à la diminution de l'effectif, sachons le reconnaître, c'est la disposition des indigènes à notre égard.

Quels sont les moyens de modifier ces dispositions ? par quelle forme de gouvernement, à l'aide de quels agents, par quels principes, par quelle conduite, doit-on espérer y parvenir ? Ce sont là, Messieurs, les vraies et sérieuses questions que le sujet de la réduction de l'effectif soulève.

Organisation du gouvernement indigène

En fait, le système que nous suivons pour gouverner le pays qui nous est soumis, quoique varié dans ses détails, est partout le même. Différents fonctionnaires indigènes, établis ou reconnus par nous, administrent, sous des noms divers, les populations musulmanes ; ce sont nos intermédiaires entre elles et nous. Suivant que ces chefs indigènes sont près ou loin du centre de notre puissance, nous les soumettons à une surveillance plus ou moins détaillée, et nous pénétrons plus ou moins avant dans le contrôle de leurs actes ; mais presque nulle part les tribus ne sont administrées par nous directement. Ce sont nos généraux qui gouvernent ; ils ont pour principaux agents les officiers des bureaux arabes. Aucune institution n'a été et n'est encore plus utile à notre domination en Afrique que celle des bureaux arabes. Plusieurs commissions de la Chambre l'ont déjà dit, nous nous plaisons à le répéter.

Ce système, qui a été fondé en partie, organisé et généralisé par M. le maréchal Bugeaud, repose tout entier sur un petit nombre de principes que nous croyons sages.

Partout, le pouvoir politique, celui qui donne la première impulsion aux affaires, doit être dans les mains des Français. Une pareille initiative ne peut nulle part être remise avec sécurité aux chefs indigènes. Voilà le premier principe.

Voici le second : la plupart des pouvoirs secondaires du Gouvernement doivent, au contraire, être exercés par les habitants du pays.

La troisième maxime de gouvernement est celle-ci c'est sur les influences déjà existantes que notre pouvoir doit chercher à s'appuyer. Nous avons souvent essayé, et nous essayons encore quelquefois, d'écarter des affaires l'aristocratie religieuse ou militaire du pays, pour lui substituer des familles nouvelles, et créer des influences qui soient notre ouvrage. Nous avons presque toujours échoué dans de pareils efforts, et il est aisé de voir en effet que de tels efforts sont prématurés. Un gouvernement nouveau, et surtout un gouvernement conquérant, peut bien donner le pouvoir matériel à ses amis, mais il ne saurait leur communiquer la puissance morale et la force d'opinion qu'il n'a pas lui-même. Tout ce qu'il peut faire, c'est d'intéresser ceux qui ont cette force et cette puissance à le servir.

Nous croyons ces trois maximes de gouvernement justes dans leur généralité ; mais nous pensons qu'elles n'ont de véritable valeur que par la sage et habile application qu'on en fait. Nous comprenons que, suivant les lieux, les circonstances, les hommes, il faut s'en écarter ou s'y renfermer ; c'est là le champ naturel du pouvoir exécutif ; il n'y aurait pour la Chambre ni dignité, ni utilité à vouloir y entrer plus avant que nous ne venons de le faire.

Mais si la Chambre ne peut entreprendre d'indiquer à l'avance, et d'une manière permanente et détaillée, quelle doit être l'organisation de notre Gouvernement dans les affaires indigènes et de quels agents il convient de se servir, elle a non seulement le droit, mais le devoir de rechercher et de dire quel doit en être l'esprit, et quel but permanent il doit se proposer.

Quel doit être l'esprit général de notre gouvernement à l'égard des indigènes

Si nous envisageons d'un seul coup d'œil la conduite que nous avons tenue jusqu''ici vis-à-vis des indigènes, nous ne pourrons manquer de remarquer qu'il s'y rencontre de grandes incohérences. On y voit, suivant les temps et les lieux, des aspects fort divers ; on y passe de l'extrémité de la bienveillance à celle de la rigueur.

Dans certains endroits, au lieu de réserver aux Européens les terres les plus fertiles, les mieux arrosées, les mieux préparées, que possède le domaine, nous les avons données aux indigènes.

Notre respect pour leurs croyances a été poussé si loin que, dans certains lieux, nous leur avons bâti des mosquées avant d'avoir pour nous-mêmes une église ; chaque année, le Gouvernement français (faisant ce que le prince musulman qui nous a précédés à Alger ne faisait pas lui-même) transporte sans frais jusqu'en Égypte les pèlerins qui veulent aller honorer le tombeau du Prophète. Nous avons prodigué aux Arabes les distinctions honorifiques qui sont destinées à signaler le mérite de nos citoyens. Souvent les indigènes, après des trahisons et des révoltes, ont été reçus par nous avec une longanimité singulière ; on en a vu qui, le lendemain du jour où ils nous avaient abandonnés pour aller tremper leurs mains dans notre sang, ont reçu de nouveau, de notre générosité, leurs biens, leurs honneurs et leur pouvoir. Il y a plus : dans plusieurs des lieux où la population civile européenne est mêlée à la population indigène, on se plaint, non sans quelque raison, que c'est en général l'indigène qui est le mieux protégé, et l'Européen qui obtient le plus difficilement justice.

Si l'on rassemble ces traits épars, on sera porté à en conclure que notre Gouvernement en Afrique pousse la douceur vis-à-vis des vaincus jusqu'à oublier sa position conquérante, et qu'il fait, dans l'intérêt de ses sujets étrangers, plus qu'il n'en ferait en France pour le bien-être des citoyens.

Retournons maintenant le tableau, et voyons le revers.

Les villes indigènes ont été envahies, bouleversées, saccagées par notre administration plus encore que par nos armes. Un grand nombre de propriétés individuelles ont été, en pleine paix, ravagées, dénaturées, détruites. Une multitude de titres que nous nous étions fait livrer pour les vérifier n'ont jamais été rendus. Dans les environs même d'Alger, des terres très fertiles ont été arrachées des mains des Arabes et données à des Européens qui, ne pouvant ou ne voulant pas les cultiver eux-mêmes, les ont louées à ces mêmes indigènes qui sont ainsi devenus les simples fermiers du domaine qui appartenait à leurs pères. Ailleurs, des tribus ou des fractions de tribus qui ne nous avaient pas été hostiles, bien plus, qui avaient combattu avec nous et quelquefois sans nous, ont été poussées hors de leur territoire. On a accepté d'elles des conditions qu'on n'a pas tenues, on a promis des indemnités qu'on n'a pas payées, laissant ainsi en souffrance notre honneur plus encore que les intérêts de ces indigènes. Non seulement on a déjà enlevé beaucoup de terres aux anciens propriétaires, mais, ce qui est pis, on laisse planer sur l'esprit de toute la population musulmane cette idée qu'à nos yeux la possession du sol et la situation de ceux qui l'habitent sont des questions pendantes qui seront tranchées suivant des besoins et d'après une règle qu'on ignore encore.

La société musulmane, en Afrique, n'était pas incivilisée ; elle avait seulement une civilisation arriérée et imparfaite. Il existait dans son sein un grand nombre de fondations pieuses, ayant pour objet de pourvoir aux besoins de la charité ou de l'instruction publique. Partout nous avons mis la main sur ces revenus en les détournant en partie de leurs anciens usages ; nous avons réduit les établissements charitables, laissé tomber les écoles [M. le général Bedeau, dans un excellent mémoire que M. le ministre de la Guerre a bien voulu communiquer à la Commission, fait connaître qu'à l'époque de la conquête, en 1837, il existait, dans la ville de Constantine, des écoles d'instruction secondaire et supérieure, où 600 à 700 élèves étudiaient les différents commentaires du Coran, apprenaient toutes les traditions relatives au Prophète et, de plus, suivaient des cours dans lesquels on enseignait, où l'on avait pour but d'enseigner l'arithmétique, l'astronomie, la rhétorique et la philosophie. Il existait, en outre, à Constantine, vers la même époque, 90 écoles primaires, fréquentées par 1.300 ou 1.400 enfants. Aujourd'hui, le nombre des jeunes gens qui suivent les hautes études est réduit à 60, le nombre des écoles primaires à 30, et les enfants qui les fréquentent à 350.], dispersé les séminaires. Autour de nous les lumières se sont éteintes, le recrutement des hommes de religion et des hommes de loi a cessé ; c'est-à-dire que nous avons rendu la société musulmane beaucoup plus misérable, plus désordonnée, plus ignorante et plus barbare qu'elle n'était avant de nous connaître.

Il est bon sans doute d'employer comme agents de gouvernement des indigènes, mais à la condition de les conduire suivant le sentiment des hommes civilisés, et avec des maximes françaises. C'est ce qui n'a pas eu lieu toujours ni partout, et l'on a pu nous accuser quelquefois d'avoir bien moins civilisé l'administration indigène que d'avoir prêté à sa barbarie les formes et l'intelligence de l'Europe.

Aux actes sont quelquefois venues se joindre les théories. Dans des écrits divers, on a professé cette doctrine, que la population indigène, parvenue au dernier degré de la dépravation et du vice, est à jamais incapable de tout amendement et de tout progrès ; que, loin de l'éclairer, il faut plutôt achever de la priver des lumières qu'elle possède ; que, loin de l'asseoir sur le sol, il faut la repousser peu à peu de son territoire pour nous y établir à sa place ; qu'en attendant, on n'a rien à lui demander que de rester soumise, et qu'il n'y a qu'un moyen d'obtenir sa soumission : c'est de la comprimer par la force.

Nous pensons, Messieurs, que de telles doctrines méritent au plus haut point non seulement la réprobation publique, mais la censure officielle du Gouvernement et des Chambres ; car ce sont, en définitive, des idées que les faits engendrent à la longue.

Nous devons éviter les deux excès dont on vient de parler

Nous venons de peindre deux excès ; la majorité de votre commission pense que notre Gouvernement doit soigneusement éviter de tomber dans l'un comme dans l'autre.

Il n'y a ni utilité ni devoir à laisser à nos sujets musulmans des idées exagérées de leur propre importance, ni de leur persuader que nous sommes obligés de les traiter en toutes circonstances précisément comme s'ils étaient nos concitoyens et nos égaux. Ils savent que nous avons, en Afrique, une position dominatrice ; ils s'attendent à nous la voir garder. La quitter aujourd'hui, ce serait jeter l'étonnement et la confusion dans leur esprit, et le remplir de notions erronées ou dangereuses.

Les peuples à demi civilisés comprennent malaisément la longanimité et l'indulgence ; ils n'entendent bien que la justice. La justice exacte, mais rigoureuse, doit être notre seule règle de conduite vis-à-vis des indigènes quand ils se rendent coupables envers nous.

Ce que nous leur devons en tout temps, c'est un bon gouvernement. Nous entendons, par ces mots, un pouvoir qui les dirige, non seulement dans le sens de notre intérêt, mais dans le sens du leur ; qui se montre réellement attentif à leurs besoins ; qui cherche avec sincérité les moyens d'y pourvoir ; qui se préoccupe de leur bien-être ; qui songe à leurs droits ; qui travaille avec ardeur au développement continu de leurs sociétés imparfaites ; qui ne croit pas avoir rempli sa tâche quand il en a obtenu la soumission et l'impôt ; qui les gouverne, enfin, et ne se borne pas à les exploiter.

Sans doute, il serait aussi dangereux qu'inutile de vouloir leur suggérer nos mœurs, nos idées, nos usages. Ce n'est pas dans la voie de notre civilisation européenne qu'il faut, quant à présent, les pousser, mais dans le sens de celle qui leur est propre ; il faut leur demander ce qui lui agrée et non ce qui lui répugne. La propriété individuelle, l'industrie, l'habitation sédentaire n'ont rien de contraire à la religion de Mahomet. Des Arabes ont connu ou connaissent ces choses ailleurs ; elles sont appréciées et goûtées par quelques-uns d'entre eux en Algérie même. Pourquoi désespèrerions-nous de les rendre familières au plus grand nombre ? On l'a déjà tenté sur quelques points avec succès [Déjà un grand nombre d'hommes importants, désirant nous complaire, ou profitant de la sécurité que nous avons donnée au pays, ont bâti des maisons et les habitent. C'est ainsi que le plus grand chef indigène de la province d'Oran. Sidi el-Aribi, s'est déjà élevé une demeure. Ses coreligionnaires l'ont brûlée dans la dernière insurrection. Il l'a rebâtie de nouveau. Plusieurs autres ont suivi cet exemple, entre autres le bachagha du Djendel Bou-Allem, dans la province d'Alger. Dans celle de Constantine, de grands propriétaires indigènes ont déjà imité en partie nos méthodes d'agriculture et adopté quelques-uns de nos instruments de travail. Le caïd de la plaine de Bône, Caresi, cultive ses terres à l'aide des bras et de l'intelligence des Européens. Nous ne citons pas ces faits comme la preuve de grands résultats déjà obtenus, mais comme d'heureux indices de ce qu'on pourrait obtenir avec le temps.]. L'islamisme n'est pas absolument impénétrable à la lumière ; il a souvent admis dans son sein certaines sciences ou certains arts.

Pourquoi ne chercherions-nous pas à faire fleurir ceux-là sous notre empire ? Ne forçons pas les indigènes à venir dans nos écoles, mais aidons-les à relever les leurs, à multiplier ceux qui y enseignent, à former les hommes de loi et les hommes de religion, dont la civilisation musulmane ne peut pas plus se passer que la nôtre.

Instruction publique chez les indigènes

Les passions religieuses que le Coran inspire nous sont, dit-on, hostiles, et il est bon de les laisser s'éteindre dans la superstition et dans l'ignorance, faute de légistes et de prêtres. Ce serait commettre une grande imprudence que de le tenter. Quand les passions religieuses existent chez un peuple, elles trouvent toujours des hommes qui se chargent d'en tirer parti et de les conduire. Laissez disparaître les interprètes naturels et réguliers de la religion, vous ne supprimerez pas les passions religieuses, vous en livrerez seulement la discipline à des furieux ou à des imposteurs. On sait aujourd'hui que ce sont des mendiants fanatiques, appartenant aux associations secrètes, espèce de clergé irrégulier et ignorant, qui ont enflammé l'esprit des populations dans l'insurrection dernière, et ont amené la guerre.

Comment nous devons procéder à l'égard des terres

Mais la question vitale pour notre Gouvernement, c'est celle des terres. Quels sont, en cette matière, notre droit, notre intérêt et notre devoir ?

En conquérant l'Algérie, nous n'avons pas prétendu, comme les Barbares qui ont envahi l'empire romain, nous mettre en possession de la terre des vaincus. Nous n'avons eu pour but que de nous emparer du gouvernement. La capitulation d'Alger en 1830 a été rédigée d'après ce principe. On nous livrait la ville, et, en retour, nous assurions à tous ses habitants le maintien de la religion et de la propriété. C'est sur le même pied que nous avons traité depuis avec toutes les tribus qui se sont soumises. S'ensuit-il que nous ne puissions nous emparer des terres qui sont nécessaires à la colonisation européenne ? Non sans doute ; mais cela nous oblige étroitement, en justice et en bonne politique, à indemniser ceux qui les possèdent ou qui en jouissent.

L'expérience a déjà montré qu'on pouvait aisément le faire, soit en concessions de droits, soit en échange de terres, sans qu'il en coûte rien, soit en argent à bas prix. Nous l'expliquerons beaucoup plus au long ailleurs ; tout ce que nous voulons dire ici, c'est qu'il importe à notre propre sécurité, autant qu'à notre honneur, de montrer un respect véritable pour la propriété indigène, et de bien persuader à nos sujets musulmans que nous n'entendons leur enlever sans indemnité aucune partie de leur patrimoine, ou, ce qui serait pis encore, l'obtenir à l'aide de transactions menteuses et dérisoires dans lesquelles la violence se cacherait sous la forme de l'achat, et la peur sous l'apparence de la vente.

On doit plutôt resserrer les tribus dans leur territoire que les transporter ailleurs.

En général une pareille mesure est impolitique, car elle a pour effet d'isoler les deux races l'une de l'autre et, en les tenant séparées, de les conserver ennemies. Elle est, de plus, très dure, de quelque manière qu'on l'exécute [Partant de ce point que les populations arabes sont, sinon entièrement nomades, au moins mobiles, on en a conclu trop aisément qu'on pouvait à son gré, et sans trop de violence, les changer de place ; c'est une grande erreur. La transplantation d'une tribu d'une contrée dans une autre, quand elle ne s'opérait pas volontairement, en vue de très grands privilèges politiques (comme quand il s'agissait, par exemple, de fixer sur un point des populations makhzen) ; une pareille mesure a toujours paru, même du temps des Turcs, d'une dureté extrême, et elle a été prise très rarement. On n'en pourrait citer que très peu d'exemples durant le dernier siècle de la domination ottomane, et ces exemples n'ont été donnés qu'à la suite de longues guerres et d'insurrections répétées ; comme cela a eu lieu pour la grande tribu des Righas, qu'on a transportée des environs de Miliana dans ceux d'Oran.

L'histoire de cette tribu des Righas mérite, sous plusieurs rapports, l'attention de la Chambre. Elle montre tout à la fois combien il est difficile de déplacer des tribus, et à quel point le sentiment de la propriété individuelle est puissant, et la propriété individuelle sacrée.

Les Turcs, fatigués des révoltes incessantes qu'ils avaient à réprimer chez les Righas, enveloppèrent un jour toute la tribu, la transportèrent sur des terres que possédait le Beylik dans la province d'Oran et permirent aux tribus voisines d'occuper leur territoire.

La tribu des Righas, ainsi dépossédée, resta cinquante ans en instance auprès du gouvernement turc pour obtenir la permission de revenir dans son pays. On la lui accorda enfin. Les Righas revinrent au bout de ce demi-siècle et reprirent possession de leur territoire ; bien plus, les familles qui avaient eu jadis la propriété de quelques parties du sol rapportèrent avec elles leurs titres et se rétablirent exactement dans les biens qu'avaient cultivés leurs pères.].

Le moment où la population indigène a surtout besoin de tutelle est celui où elle arrive à se mêler à notre population civile et se trouve, en tout ou partie, soumise à nos fonctionnaires et à nos lois. Ce ne sont pas seulement les procédés violents qu'elle a alors à craindre. Les peuples civilisés oppriment et désespèrent souvent les peuples barbares par leur seul contact, sans le vouloir, et pour ainsi dire sans le savoir : les mêmes règles d'administration et de justice qui paraissent à l'Européen des garanties de liberté et de propriété, apparaissent au barbare comme une oppression intolérable ; les lenteurs qui nous gênent l'exaspèrent ; les formes que nous appelons tutélaires, il les nomme tyranniques, et il se retire plutôt que de s'y soumettre. C'est ainsi que, sans recourir à l'épée, les Européens de l'Amérique du Nord ont fini par pousser les Indiens hors de leur territoire. Il faut veiller à ce qu'il n'en soit pas ainsi pour nous.

Les transactions immobilières entre Arabes et Européens ne doivent pas être libres

On a également remarqué que, partout où les transactions immobilières entre le propriétaire barbare et l'Européen civilisé pouvaient se faire sans contrôle, les terres passaient rapidement, et à vil prix, des mains de l'un dans celles de l'autre, et que la population indigène cessait d'avoir ses racines dans le sol. Si nous ne voulons pas qu'un pareil effet se produise, il faut que nulle part les transactions de cette espèce ne soient entièrement libres. Nous verrons ailleurs que cela n'est pas moins nécessaire à l'Européen qu'à l'Arabe.

Nous venons de citer des faits, de faire allusion à des circonstances que la Chambre ne se méprenne pas sur notre pensée en agissant ainsi, nous n'avons pas prétendu entrer dans l'examen spécial d'aucune mesure, ni en juger particulièrement aucune. La nature sommaire de ce rapport ne le permettrait pas. Nous n'avons voulu que lui faire bien comprendre quels devaient être, suivant nous, la tendance permanente et l'esprit général de notre Gouvernement.

Quels effets on peut espérer de produire sur les indigènes par un bon gouvernement

Quel sera l'effet probable de la conduite que nous conseillons de tenir à l'égard des indigènes ? Où doit s'arrêter, en cette matière, l'espérance permise ? Où commence la chimère ?

Il n'y a pas de gouvernement si sage, si bienveillant et si juste, qui puisse rapprocher tout à coup et unir intimement ensemble des populations que leur histoire, leur religion, leurs lois et leurs usages ont si profondément divisées. Il serait dangereux et presque puéril de s'en flatter. Il y aurait même, suivant nous, de l'imprudence à croire que nous pouvons parvenir aisément et en peu de temps à détruire dans le cœur des populations indigènes la sourde haine que fait naître et qu'entretient toujours la domination étrangère. Il faut donc, quelle que soit notre conduite, rester forts. Ce doit toujours être là notre première règle.

Ce qu'on peut espérer, ce n'est pas de supprimer les sentiments hostiles que notre Gouvernement inspire, c'est de les amortir ; ce n'est pas de faire que notre joug soit aimé, mais qu'il paraisse de plus en plus supportable ; ce n'est pas d'anéantir les répugnances qu'ont manifestées de tous temps les musulmans pour un pouvoir étranger et chrétien, c'est de leur faire découvrir que ce pouvoir, malgré son origine réprouvée, peut leur être utile. Il serait peu sage de croire que nous parviendrons à nous lier aux indigènes par la communauté des idées et des usages, mais nous pouvons espérer le faire par la communauté des intérêts.

Déjà nous voyons en plusieurs endroits ce genre de lien qui se forme. Si nos armes ont décimé certaines tribus, il y en a d'autres que notre commerce a singulièrement enrichies et fortifiées, et qui le sentent et le comprennent. Partout le prix que les indigènes peuvent attendre de leurs denrées et de leur travail s'est beaucoup accru par notre voisinage. D'un autre côté, nos cultivateurs se servent volontiers des bras indigènes. L'Européen a besoin de l'Arabe pour faire valoir ses terres ; l'Arabe a besoin de l'Européen pour obtenir un haut salaire. C'est ainsi que l'intérêt rapproche naturellement dans le même champ, et unit forcément dans la même pensée deux hommes que l'éducation et l'origine plaçaient si loin l'un de l'autre.

C'est dans ce sens qu'il faut marcher, Messieurs c'est vers ce but qu'il faut tendre.

La commission est convaincue que de notre manière de traiter les indigènes dépend surtout l'avenir de notre domination en Afrique, l'effectif de notre armée et le sort de nos finances ; car, en cette matière, les questions d'humanité et de budget se touchent et se confondent. Elle croit qu'à la longue un bon gouvernement peut amener la pacification réelle du pays et une diminution très notable dans notre armée.

Que si, au contraire, sans le dire, car ces choses se sont quelquefois faites, mais ne se sont jamais avouées, nous agissions de manière à montrer qu'à nos yeux les anciens habitants de l'Algérie ne sont qu'un obstacle qu'il faut écarter ou fouler aux pieds ; si nous enveloppions leurs populations, non pour les élever dans nos bras vers le bien-être et la lumière, mais pour les y étreindre et les y étouffer, la question de vie ou de mort se poserait entre les deux races.

L'Algérie deviendrait, tôt ou tard, croyez-le, un champ clos, une arène murée, où les deux peuples devraient combattre sans merci, et où l'un des deux devrait mourir. Dieu écarte de nous, Messieurs, une telle destinée !

Ne recommençons pas, en plein XIXe siècle, l'histoire de la conquête de l'Amérique. N'imitons pas de sanglants exemples que l'opinion du genre humain a flétris. Songeons que nous serions mille fois moins excusables que ceux qui ont eu jadis le malheur de les donner ; car nous avons de moins qu'eux le fanatisme, et de plus les principes et les lumières que la Révolution française a répandus dans le monde.

L'esclavage en Afrique

La France n'a pas seulement parmi ses sujets musulmans des hommes libres, l'Algérie contient de plus en très petit nombre des nègres esclaves. Devons-nous laisser subsister l'esclavage sur un sol où nous commandons ? L'un des princes musulmans nos voisins, le bey de Tunis, a déclaré que la servitude était abolie dans son empire. Pouvons-nous, en cette matière, faire moins que lui ?

Vous n'ignorez pas, Messieurs, que l'esclavage n'a pas, chez les mahométans, le même caractère que dans nos colonies. Dans tout l'Orient, cette odieuse institution a perdu une partie de ses rigueurs. Mais en devenant plus douce, elle n'est pas devenue moins contraire à tous les droits naturels de l'humanité.

Il est donc à désirer qu'on puisse bientôt la faire disparaître, et la Commission en a exprimé le vœu le plus formel. Sans doute il ne faut procéder à l'abolition de l'esclavage qu'avec précaution et mesure. Nous avons lieu de croire qu'opérée de cette manière elle ne suscitera point de vives résistances et ne fera pas naître de périls.

Cette opinion a été exprimée par plusieurs des hommes qui connaissent bien le pays. M. le ministre de la Guerre s'y est rangé lui-même.

FIN